SROUTABODHA,

TRAITÉ DE PROSODIE SANSCRITE,

COMPOSÉ PAR KÂLIDÂSA,

PUBLIÉ ET TRADUIT PAR M. ÉD. LANCEREAU,

LICENCIÉ ÈS-LETTRES,

MEMBRE DE LA SOCIÉTÉ ASIATIQUE.

PARIS.

IMPRIMERIE IMPÉRIALE.

M DCCC LV.

SROUTABODHA,

TRAITÉ DE PROSODIE SANSCRITE,

COMPOSÉ PAR KÂLIDÂSA,

PUBLIÉ ET TRADUIT PAR M. ÉD. LANCEREAU,

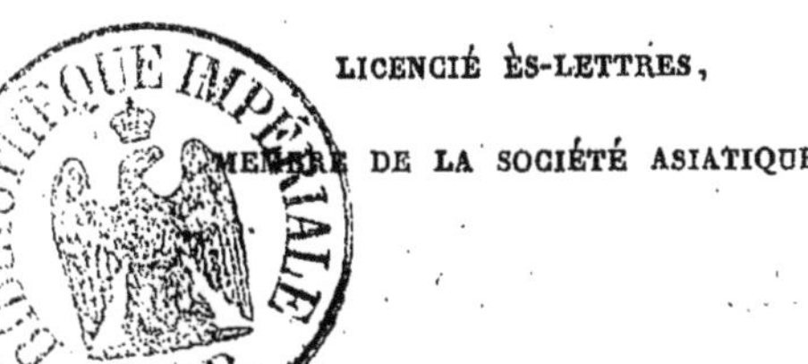

LICENCIÉ ÈS-LETTRES,

MEMBRE DE LA SOCIÉTÉ ASIATIQUE.

PARIS.

IMPRIMERIE IMPÉRIALE.

—

M DCCC LV.

SROUTABODHA,

TRAITÉ DE PROSODIE SANSCRITE.

AVERTISSEMENT.

Le Traité dont nous publions le texte et la traduction a acquis dans l'Inde une célébrité due en partie au nom de l'illustre poëte auquel il est attribué. En effet, quoiqu'il soit difficile de reconnaître le style de Kâlidâsa [1] dans les quarante-quatre stances du Sroutabodha, il n'existe aucun témoignage qui puisse faire naître le moindre doute concernant l'origine de ce petit poëme didactique et érotique, dont l'auteur a su donner les règles de la prosodie sanscrite sous une forme élégante et gracieuse, et dans chacun des mètres décrits.

Un indianiste allemand, qui s'est fait connaître par d'excellents travaux sur la langue et la littérature sanscrites, M. Hermann Brockhaus, a publié un texte du Sroutabodha dans un petit volume intitulé : *Ueber den Druck sanskritischer Werke mit lateinischen Buchstaben* [2]. Ce texte est malheureusement dénaturé par l'emploi des caractères romains, qui rendent les textes orientaux très-obscurs, et quelquefois même presque inintelligibles. La traduction allemande dont il est accompagné est insuffisante et incomplète; car le tra-

[1] Voy. dans la *Nouvelle Biographie générale* de MM. Firmin Didot, la notice que feu notre savant maître et ami M. A. Langlois a publiée sur ce poëte.

[2] Leipzig, 1841, in-8°.

ducteur s'est contenté d'extraire les formules métriques con-
tenues dans le *Sroutabodha*, sans tenir aucun compte des
détails auxquels ce petit poëme doit une partie de son origi-
nalité. Malgré ces considérations, nous n'aurions point songé
à publier le poëme de Kâlidâsa, si deux manuscrits de la Bi-
bliothèque impériale ne nous avaient pas fourni un texte qui
présente de nombreuses différences avec celui de M. Brockhaus. Ces deux manuscrits font partie du fonds d'Ochoa,
nᵒˢ 131 et 72. Le premier est celui que nous avons pris pour
base de notre travail, et le second, dont nous indiquons les
variantes au moyen de la lettre A, nous a plus d'une fois
servi à rectifier les erreurs commises par le copiste. Pour
faciliter l'intelligence des règles exposées dans le *Sroutabo-*
dha à ceux qui ne sont pas encore familiarisés avec l'étude
de la métrique sanscrite, nous avons ajouté à la traduction
de notre Traité quelques observations sur les principes gé-
néraux de la prosodie, et les différents mètres décrits par
Kâlidâsa. Nous pouvons donc affirmer, sans hésitation, que
nous offrons à nos lecteurs un ouvrage nouveau, et nous
osons espérer que les amis de la littérature sanscrite vou-
dront bien accueillir avec quelque faveur un travail dont
l'utilité est incontestable. En effet, quoique le *Sroutabodha*
ne soit pas un Traité complet de prosodie, il n'en est pas
moins vrai que ce petit ouvrage est suffisant pour la plupart
de ceux qui se livrent à l'étude de la poésie sanscrite, puis-
qu'il décrit les mètres le plus souvent employés par les grands
poëtes de l'Inde et par le célèbre Kâlidâsa lui-même.

I. TEXTE.

श्री गणेशाय नमः ॥

छन्दसां लक्षणं येन श्रुतमात्रेण बुध्यते ।
तमहं सम्प्रवक्ष्यामि श्रुतबोधमविस्तरं ॥ १ ॥
संयुक्ताद्यं दीर्घं सानुस्वारं विसर्गसम्मिश्रं ।
विज्ञेयमक्षरं गुरु पादान्तस्थं विकल्पेन ॥ २ ॥
मस्त्रिगुरुस्त्रिलघुश्च नकारो
भादिगुरुस्तत आदिलघुर्यः ।
जो गुरुमध्यगतो र लमध्यः
सोऽन्त्यगुरुः कथितोऽन्त्यलघुस्तः ॥ ३ ॥
यस्याः पादे प्रथमे द्वादश मात्रास्तथा तृतीयेऽपि ।
अष्टादश द्वितीये चतुर्थकि पञ्चदश साऽऽर्या ॥ ४ ॥
आर्यापूर्वार्धसमं द्वितीयमपि भवति यत्र हंसगते ।
छन्दोविदस्तदानीं गीतिं ताममृतवाणि भाषन्ते ॥ ५ ॥
आर्योत्तरार्धतुल्यं प्रथमार्धमपि प्रयुक्तं चेत् ।
कामिनि तामुपगीतिं प्रकाशयन्ते महाकवयः ॥ ६ ॥
आर्यासकलद्वितीयं व्यत्ययसहितं भवेद्यस्याः ।
सोद्गीतिः खलु गदिता तद्द्व्यन्त्यंशभेदसंयुक्ताः ॥ ७ ॥

आद्यचतुर्थं पञ्चमकं चेत् ।
यत्र गुरु स्यात्सा ऽ क्षरपङ्क्ति: ॥ ८ ॥
अगुरु चतुष्कं भवति गुरू द्वौ ।
घनकुचयुग्मे शशिवदनाऽ सौ ॥ ९ ॥
तुर्यं पञ्चमकं चेद्यत्र स्याल्लघु बाले ।
विद्वद्भिर्मृगनेत्रे प्रोक्ता सा मदलेखा ॥ १० ॥
श्लोके षष्ठं गुरु ज्ञेयं सर्वत्र लघु पञ्चमं ।
द्विचतु: पादयोर्ह्रस्वं सप्तमं दीर्घमन्ययो: ॥ ११ ॥
पञ्चमल्लघु सर्वत्र सप्तमं द्विचतुर्थयो: ।
तृतीये प्रथमे दीर्घमेतच्छ्लोकस्य लक्षणं ॥ १२ ॥
आद्गितं तुर्यगतं पञ्चमकं चान्त्यगतं ।
यत्र गुरु स्यात्कथितं माणवकाक्रीडमिदं ॥ १३ ॥
द्वितुर्यषष्ठमष्टमं गुरु प्रयोजितं यदा ।
तदा निवेदयन्ति तां बुधा नगस्वरूपिणीं ॥ १४ ॥
* सर्वे वर्णा दीर्घा यस्यां विश्राम: स्याद्वैद्यैर्वेदै: ।
विद्वद्भिर्नैर्वीणावाणि व्याख्याता सा विद्युन्माला ॥ १५ ॥
तन्वि गुरु स्यादाद्यचतुर्थं
पञ्चमषष्ठं चान्त्यमुपान्त्यं ।
इन्द्रियवाणैर्यत्र विराम:
सा कथनीया चम्पकमाला ॥ १६ ॥

चम्पकमाला यत्र भवेदत्र्यविहीना प्रेमनिधे ।

छन्दसि दक्षा ये कवयस्तन्मणिमध्यं ते ब्रुवते ॥ १७ ॥

चत्वारः प्राक् सुतनु गुरवो द्वौ दशैकादशौ चेन्

मुग्धे वर्णौ तदनु कुमुदाभोदिनि द्वादशान्त्यौ ।

तद्व्यान्त्यौ युगरसखयैर्यत्र क्रान्ते निरामो

मन्दाक्रान्तां प्रवरकवयस्तद्वि तां सञ्जिरन्ते ॥ १८ ॥

मन्दाक्रान्ताऽन्त्ययतिरहिता सालङ्कारे यदि भवति सा ।

तद्विद्विद्विर्ध्रुवमभिहिता ज्ञेया हंसी कमलवदने ॥ १९ ॥

ह्रस्वो वर्णो जायते यत्र षष्ठः ●

कम्बुग्रीवे तद्देवाष्टसान्त्यः ।

विश्रामः स्यात्तत्र बेदैस्तुरङ्गैस्

तां भाषन्ते शालिनीं छान्दसीया: ॥ २० ॥

आद्यचतुर्थमहीननितम्बे सप्तमकं दशमं च तथ्यान्त्यं ।

यत्र गुरु प्रकटस्मरसारे तत्कथितं ननु दोधकवृत्तं ॥ २१ ॥

यस्यां त्रिषट्सप्तममभक्षरं स्याद्

ह्रस्वं सुजेद नवमं च तद्वत् ।

गत्या विलक्षीकृतहंसकान्ते

तामिन्द्रवज्रां ब्रुवते कवीन्द्राः ॥ २२ ॥

यदीन्द्रवज्राचरणेषु पूर्वे

भवन्ति वर्णा लघवः सुवर्णे ।

अमन्दमाधन्मदने तदानीम्
उपेन्द्रवज्रा कथिता कवीन्द्रैः ॥ २३ ॥
यत्र द्वयोरप्यनयोस्तु पादा
भवन्ति सीमन्तिनि चन्द्रकान्ते ।
विद्वद्भिरार्यैः परिकीर्त्तिता सा
प्रयुज्यतामित्युपजातिरेषा ॥ २४ ॥
आख्यानकी स्यात्प्रकटीकृतार्थे
यदीन्द्रवज्राचरणः पुरस्तात् ।
उपेन्द्रवज्राचरणास्त्रयोऽन्ये
मनीषिणोक्ता विपरीतपूर्वा ॥ २५ ॥
आद्यमक्षरमतस्तृतीयकं
सप्तमं च नवमं तथान्तिकं ।
दीर्घमिन्दुमुखि यत्र जायते
नां वदन्ति कवयो रथोद्धतां ॥ २६ ॥
अन्त्यं च नवमं दशमं च
व्यत्ययाद्भवति यत्र विनीते ।
प्राक्तना सुनयने यदि सैव
स्वागतेति कथिता कविभिः सा ॥ २७ ॥
ह्रस्वो वर्णः स्यात्सप्तमो यत्र बाले
तद्द्विम्बोष्ठि न्यस्त एकादशाद्यः ।

वाणैर्विश्रामोऽनन्तरं स्यात्तुरङ्गैर्
नाम्ना निर्दिष्टा सुभ्रु सा वैश्वदेवी ॥ २८ ॥

सतृतीयकषष्ठमनङ्गरते नवमं विरतिप्रभवं गुरु चेत् ।
घनपीनपयोधरभारनते ननु तोटकवृत्तमिदं कथितं ॥ २९ ।

यदाद्यं चतुर्थं तथा सप्तमं स्यात्
तथैवाक्षरं ह्रस्वमेकादशाद्यं ।
शरचन्द्रविद्वेषिवक्त्रारविन्दे
तदुक्तं कवीन्द्रैर्भुजङ्गप्रयातं ॥ ३० ॥

अयि यशोदरि यत्र चतुर्थकं
गुरु च सप्तमकं दशमं तथा ।
विरतियं च तथैव विचक्षणैर्
द्रुतविलम्बितमित्युपदिश्यते ॥ ३१ ॥

प्रथमाक्षरमायततृतीययोर्
द्रुतविलम्बितकस्य च पाद्ययोः ।
यदि नात्र तथा कमलेक्षणे
भवति सुन्दरि सा हरिणप्लुता ॥ ३२ ॥

उपेन्द्रवज्राचरणेषु येऽन्तिमे
व्युपान्त्यवर्णा लघवश्च ते मताः ।
मदोल्लसद्दूर्जितकामकार्मुके
वदन्ति वंशस्थमिदं कवीश्वराः ॥ ३३ ॥

यस्यामशोकाङ्कुरपाणिपल्लवे
वंशस्यपादा गुरुपूर्व्ववर्णिका: ।
तारुण्यखेलारतिरङ्गलालसे
तामिन्द्रवंशां कवय: प्रचक्षते ॥ ३४ ॥

यस्या: प्रिये प्रथमकमक्षरद्वयं
तुर्य्या तथा गुरु नवमं दशान्तिमं ।
सान्त्यं भवेद्यतिरपि चेद्युगैर्ग्रहैः
सा लक्ष्यताममृतलते प्रभावती ॥ ३५ ॥

आद्ये च त्रितयमथाष्टमं नवान्त्यं
युग्मं चेद्गुरु विरतौ सुभाषिते स्यात् ।
विश्रामो भवति महेशनेत्रद्विग्भिर्
विज्ञेया ननु सुद्गति प्रहर्षिणी सा ॥ ३६ ॥

आद्यं द्वितीयमपि चेद्गुरु तच्चतुर्थं
यत्राष्टमं च दशमान्त्यमुपान्त्यमन्त्यं ।
कामाङ्कुशाङ्कुशितकामिभतङ्गजेन्द्रे
कान्ते वसन्ततिलको किल तां वदन्ति ॥ ३७ ॥

प्रथममगुरु षट्कं विद्यते यत्र कान्ते
तदनु च दशमं चेदुत्तरं द्वाद्शान्त्यं ।
करिभिरथ तुरङ्गैर्यत्र कान्ते विराम:
सुकविजनमनोज्ञा मालिनी सा प्रसिद्धा ॥ ३८ ॥

सुमुखि लघवः पञ्च प्राच्यास्ततो दशमान्तिमस्
तदनु ललितालापे वर्णौ यदि त्रिचतुर्दशौ ।
भवति च लघुर्यत्नोऽपान्त्यः स्फुरत्कारकरुणे
यतिरपि रसैर्वेदाश्वैः स्मृता हरिणीति सा ॥ ३९ ॥

यदि प्राच्यो ह्रस्वः कलितकमले षष्ठकपरे
ततो वर्णाः पञ्च प्रकृतिसुकुमाराङ्घ्रि रचिताः ।
त्रयोऽन्ये सोपान्त्याः सुतनु वचनाभोगसुभगे
रसैरीशैर्यस्यां भवति विरतिः सा शिखरिणी ॥ ४० ॥

द्वितीयमलिकुन्तले यदि षडष्टमं द्वादशं
चतुर्दशमथ प्रिये गुरु गभीरनाभिह्रदे ।
सपञ्चदशमान्तिमं तदनु यत्र कान्ते यतिः
करीन्द्रफणभृत्कुलैर्भवति तत्र पृथ्वीति सा ॥ ४१ ॥

दीर्घाः पूर्वे कामिनि पञ्चाष्टनवौ च
वर्णौ यस्या द्वादशकान्तौ च गुरू तौ ।
वैदैरान्ध्रैर्यत्र विराग्यस्ति विराम
छन्दोविद्भिस्तज्जगदे मत्तमयूरं ॥ ४२ ॥

आद्याश्चेदुरवस्त्रयः प्रियतमे षष्ठस्तथा चाष्टमस्
तन्व्येकादशतस्त्रयस्तदनु चेद्द्वादशाद्यौ ततः ।
मार्त्तण्डैर्मुनिभिश्च यत्र विरतिः पूर्णेन्दुविम्बानने
तद्वृत्तं प्रवदन्ति काव्यरसिकाः शार्दूलविक्रीडितं ॥ ४३ ॥

चत्वारो यत्र वर्णाः प्रथममलघवः षष्ठकः सप्तमोऽपि

द्वौ तावच्छोऽउशायौ मृगमदमुदिते षोऽउशान्त्यौ तथान्त्यौ ।

रम्भास्तम्भोरुकान्ते मुनिमुनिमुनिभिर्दृश्यते चेद्द्विरामो

बाले वन्द्यैः कवीन्द्रैः सुतनु निगदिता स्रग्धरा सा

प्रसिद्धा ॥ ४४ ॥

इति श्रीमत्कालिदासविरचितः श्रुतबोधः समाप्तः ॥

II. VARIANTES.

St. 1. (तं) A. et Br. तद्; (सम्प्रवक्ष्यामि) A. कारयिष्यामि, Br. कथयिष्यामि.

St. 2. (विकल्पेन) Br. विकम्पेन.

St. 3. (ततस्) Br. पुनर्. Au lieu de ce sloka, A. donne le suivant :

एकमात्रो भवेद्ह्रस्वो द्विमात्रो दीर्घ उच्यते ।

त्रिमात्रस्तु प्लुत ज्ञेयो व्यञ्जनं चार्द्धमात्रकं ॥

« La voyelle qui contient un seul moment (*mâtrâ*) est une brève; celle qui en contient deux est appelée longue. Il faut reconnaître la voyelle prolongée (*plouta*) dans celle qui contient trois moments; la consonne ne contient en elle-même que la quantité d'un demi-moment. »

Après la stance 3 de notre texte, Br. ajoute les deux qui suivent :

आदिमध्यावसानेषु यरुता यान्ति लाघवं ।

भजसा गौरवं यान्ति मनौ तु गुरुलाघवौ ॥

मो भूमिः श्रियमातनोति न जलं वृद्धिं र वह्निर्मृतिं

सो वायुः किल दूरदेशगमनं त व्योम शून्यं फलं ।

यः सूर्य्यो हृतमादधाति विपुलं भेन्दुर्यशो निर्म्मलं
नः शेषः सुखमच्युतं प्रकुरुते प्रोक्तं गणानां फलं ॥

« Dans la première syllabe, dans celle du milieu et dans la dernière, *ya*, *ra* et *ta* ont une brève, tandis que *bha*, *dja* et *sa* ont une longue; *ma* et *na* sont composés de toutes longues et de toutes brèves. »

« *Ma* « la terre » répand la fortune; *dja* « l'eau » répand la richesse; *ra* « le feu » répand la mort; *sa* « le vent » conduit vers les pays lointains; *ta* « l'atmosphère » engendre la stérilité; *ya* « le soleil » donne une grande maladie; *bha* « la lune » donne un éclat sans tache; *na* « le serpent *Sécha* » donne un bonheur que rien ne peut détruire : j'ai dit ce que donnent les *ganas* (pieds de vers). »

St. 6. (प्रथम) Br. पूर्व्व.

St. 7. A. et Br. ne donnent pas cette stance.

St. 9. (असौ) Br. सा.

St. 12, *pâdas* 3 et 4, A. षष्ठं गुरु विज्ञानीयादेतत्पदस्य लच्चणां ॥
Br. ne donne pas ce sloka.

St. 17. (मणिमध्यं) A. मणिबन्धं.

St. 18. A. et Br. donnent cette stance après la stance 41.

St. 19. (यति) A. पद्; (सा) Br. या; (तद्) Br. सा.

St. 23. (चरणेषु) Br. चरणो तु; (माघन्मदने) Br. माघद्दने.

St. 24. (प्रयुड्यतां) Br. प्रपूड्यतां.

St. 25. (स्यात्) Br. सा; (पुरस्तात् Br. पुरः स्यात्.

St. 26. (अन्तिकं) Br. अन्तिमं; (कवयो) A. मुनयो.

St. 27. (दशमं च) A. दशमं स्यात्; (प्राक्ना) Br. प्राक्नैः; (कवि-
    भिः सा) A. कविमुख्यैः; (सा) Br. स्यात्.

St. 28. (अनन्तरं) Br. अनन्तरः, A. तत्र; (स्यात्) A. चेद्वा.

St. 29. Après cette stance, A. et Br. ajoutent celle-ci :

यदि तोटकस्य गुरु पञ्चमकं विहितं विलासिनि तदुच्चारकं ।

न रसाच्चारं गुरु भवेदबले प्रमिताच्चरेति कविभिः कथिता ॥

« Femme voluptueuse et délicate, si la cinquième syllabe
du *totaka* devient longue et si la sixième ne l'est pas, la stance
est appelée *pramitâkcharâ* [1] par les poëtes. »

Pâda 3. Br. रससङ्ख्यकं गुरु न चेदबले.

St. 30. (स्यात्) A. चेत् .

St. 31. (विरतियं) A. et Br. विरतिगं.

St. 32. (आय) A. आदि; (यदि नात्र) Br. अपि चेत्र; (अत्र) A. अथ.

St. 33. (येऽन्तिमे) A. et Br. सन्ति चेत् ; हि est omis par A.
et Br.; (च ते) A. et Br. परे ; *pâda* 3, A. et Br. बुधास्तदा
सुन्दरि शुद्धसङ्गमे; (इदं कवीश्वराः) Br. इदं महाधियः, A. अराल-
कुन्तले .

St. 34. (इला) A. लीला.

St. 35. (यस्याः) Br. यस्यां; (सान्त्यं) A. सान्तं; (अमृतलते) Br.
अमृतलतिके.

St. 36. (च) Br. चेत् ; अथ est omis par A.; (युग्मं चेत्) Br.
द्वावन्त्यौ.

St. 37, *pâda* 3, Br. अष्टाभिरिन्दुवदने विरतिश्च षट्.

St. 38. (करिभिः) A. वसुभिः, Br. गिरिभिः; (कान्ते) Br. बाले.

St. 39. (भवति च लघुः) A. et Br. प्रभवति पुनर्.

St. 40. (यदि) A. यदा; (परे) Br. पराः ; (स) Br. च.

---

[1] Variété du *DJAGATÍ*. Chaque *pâda*, composé de douze syllabes,
contient trois anapestes, avec un amphibraque pour second pied :

$$\cup\cup - \mid \cup - \cup \mid \cup\cup - \mid \cup\cup -$$

Ce mètre ne diffère du *totaka* que par le second pied, qui est un
amphibraque, au lieu d'être un anapeste.

St. 41. (कुन्तले) Br. कुपउले; (नाभि) Br. नाभी; (करीन्दू) A. गजेन्दू, Br. गिरीन्द्र; (तन्वि) A. et Br. सुश्रु.

St. 42. A. et Br. ne donnent pas cette stance.

St. 43. (तथा) A. et Br. ततः; (अष्टादशाद्यौ ततः) Br. अष्टादप्राधन्तिमः; (ततः) A. परं:.

St. 44. (तावत्) Br. तद्वत्; (मुदिते) A. et Br. तिलके; (दृश्यते चेत्) A. यत्र कान्ते.

III. TRADUCTION.

GLOIRE AU BIENHEUREUX GANÉSA [1] !

1. Je vais exposer le *Sroutabodha*, petit traité dont il suffit d'entendre la lecture pour connaître le caractère distinctif des différents mètres poétiques.

2. La voyelle qui précède un groupe de consonnes, celle qui est longue, celle qui est accompagnée d'un *anouswâra* ou suivie d'un *visarga*, doivent être reconnues pour longues; la voyelle qui est à la fin d'un *pâda* [2] peut être considérée comme longue ou brève, à volonté [3].

3. On appelle *ma* le pied de trois syllabes longues; *na*, le pied de trois syllabes brèves; *bhâ*, le pied dont la première syllabe est longue; *ya*, le pied

---

[1] Dieu de la sagesse, fils de Siva et de Pârvatî.

[2] Ou vers. Nom de chacune des quatre parties dont se compose la stance.

[3] Toutes les voyelles, excepté अ, इ, उ, ऋ, et लृ, sont longues. La voyelle peut rester brève devant les groupes क्र, प्र, ब्र et ह्र; mais on trouve peu d'exemples de cette licence dans les poëmes sans-crits.

dont la première syllabe est brève; *dja*, le pied dont la syllabe du milieu est longue; *ra*, le pied dont la syllabe du milieu est brève; *sa*, le pied dont la dernière syllabe est longue, et *ta*, celui dont la dernière syllabe est brève [1].

4. La stance qui contient douze *mâtrâs* [2] dans le premier et le troisième *pâda*, dix-huit dans le second et quinze dans le quatrième, est l'*âryâ*.

5. Femme dont la démarche est pareille à celle du cygne, et dont la voix est aussi douce que l'ambroisie, lorsque la seconde moitié de la stance est semblable à la première moitié de l'*âryâ*, les savants en prosodie appellent le mètre *guîti*.

6. Femme pleine de tendresse, si la première et la seconde moitié de la stance sont pareilles à la dernière moitié de l'*âryâ*, c'est l'*oupaguîti* que nous font voir les grands poëtes.

7. La stance dans laquelle la seconde moitié de l'*âryâ* tout entier est placée dans l'ordre inverse s'appelle *oudguîti*, disent les hommes qui savent distinguer les différentes parties d'une stance.

8. Si, dans chaque *pâda*, la première, la quatrième et la cinquième syllabe sont longues, c'est l'*akcharapankti*.

9. Femme qui as deux seins rebondis, lorsqu'il

---

[1] Outre ces pieds, qui ont une quantité fixe, la prosodie sanscrite admet d'autres pieds composés d'un plus ou moins grand nombre de syllabes. Ces pieds, dont la longueur est déterminée par les césures, sont désignés sous les noms de différentes classes de personnages, d'objets, etc. comme on le verra plus loin.

[2] Le *mâtrâ* est la quantité d'un moment, ou voyelle brève.

y a quatre brèves et deux longues dans chaque *páda*, c'est le *sasivadaná*.

10. Femme aux yeux de gazelle, si, dans chaque *páda*, la quatrième et la cinquième syllabe sont brèves, la stance est appelée *madalékhá* par les savants.

11. Dans le *sloka*, la sixième syllabe doit être reconnue pour longue et la cinquième pour brève, dans tous les *pádas;* la septième syllabe est brève dans le second et le quatrième *páda*, et longue dans les deux autres.

12. La cinquième syllabe brève dans tous les *pádas;* la septième brève dans le second et le quatrième *páda*, et longue dans le troisième et dans le premier : telle est la marque distinctive du *sloka*.

13. Le mètre dans lequel la première, la quatrième, la cinquième et la dernière syllabe sont longues, est appelé *mánavakákrîda*.

14. Quand la seconde, la quatrième, la sixième et la huitième syllabe sont employées comme longues, les savants appellent le mètre *nagaswaroûpini*.

15. Femme dont la voix est aussi harmonieuse que les sons de la vînâ [1], le mètre dans lequel toutes les syllabes sont longues, et où il y a deux césures suivant le nombre des *védas* (par quatre et quatre), est appelé *vidyounmálá* par tous les savants.

16. Femme délicate, lorsque la première, la quatrième, la cinquième, la sixième, la dernière et

---

[1] Espèce de luth ou de guitare à sept cordes, avec une gourde à chacune de ses extrémités.

J. As. Extrait n° 5. (1854.)　　　　　　　　2

l'avant-dernière syllabe sont longues, et que la césure a lieu suivant le nombre des *indriyavânas*[1] (par
cinq et cinq), le mètre doit être appelé *tchampakamâlâ*.

17. Trésor d'amour, si l'on retranche la dernière
syllabe du *tchampakamâlâ*, les poëtes habiles en prosodie appellent le mètre *manimadhya*.

18. Femme chérie, femme belle et délicate, au
parfum de lotus, si les quatre premières syllabes,
la dixième et la onzième, la treizième et la quatorzième sont longues, ainsi que les deux dernières,
et que la césure ait lieu suivant le nombre des *yougas*[2], des *rasas*[3] et des *hayás*[4] (par quatre, six et
sept.), les poëtes distingués appellent le mètre *mandâkrântâ*.

19. Femme couverte de belles parures, femme
dont le visage est pareil au lotus, si l'on retranche
du *mandâkrântâ* la dernière césure, le mètre doit
être reconnu pour le *hansî* : ainsi l'affirment les savants.

20. Femme délicate, dont le cou est marqué de
trois lignes, lorsque la sixième syllabe est brève, que
la neuvième l'est également, et que la césure a lieu
suivant le nombre des *védas* et des *tourangas* (par
quatre et sept), les savants en prosodie appellent le
mètre *sâlinî*.

[1] Ou *vânas*, flèches d'Indra, au nombre de cinq.
[2] Les quatre âges de la mythologie hindoue.
[3] Ou les six espèces de saveur.
[4] *Hayas*, *Aswas* ou *Tourangas*, les sept coursiers attelés au char
du Soleil.

2 1. Femme dont les reins ont la souplesse d'un serpent, femme en qui la puissance du dieu de l'amour se manifeste, lorsque la première, la quatrième, la septième, la dixième et la dernière syllabe sont longues, cela s'appelle le mètre *dodhaka*.

2 2. Femme aux belles jambes, femme dont la démarche rend honteuse la compagne du cygne, les princes des poëtes appellent *indravadjrâ* le mètre dans lequel la troisième, la sixième, la septième et la neuvième syllabe sont brèves.

2 3. Femme issue d'une caste élevée, femme dont l'amour enivre avec excès, si, dans les *pâdas* de l'*indravadjrâ*, la première syllabe devient brève, la stance est appelée *oupendravadjrâ* par les princes des poëtes.

2 4. Femme aussi belle que la lune, la stance dans laquelle il y a des *pâdas* de ces deux mètres est appelée *oupadjâti* par les premiers savants qui vantent ce mètre et recommandent d'en faire usage.

2 5. Femme dont le bonheur est manifeste, si le *pâda indravadjrâ* occupe la première place, et si les trois autres *pâdas* sont *oupendravadjrâs*, la stance est l'*âkhyânakî* : un savant a parlé d'un mètre inverse de celui-ci.

2 6. Femme dont le visage est pareil à la lune, les poëtes appellent *rathoddhatâ* le mètre dans lequel la première, la troisième, la septième, la neuvième et la dernière syllabe sont longues.

2 7. Femme modeste, femme qui as de beaux yeux, lorsque la neuvième et la dixième syllabe sont

placées dans un ordre inverse, le mètre précédent, ainsi modifié, est appelé *swâgatâ* par les poëtes.

28. Femme aux beaux sourcils et aux lèvres rouges comme le fruit du vimba [1], lorsque la septième syllabe est brève, que la dixième l'est également, et que les deux césures ont lieu suivant le nombre des *vânas* et des *tourangas* (par cinq et sept), le mètre est nommé *vaïswadévî*.

29. Femme qui ressembles à Rati, l'épouse d'Ananga [2], et qui plies sous le poids de deux seins fermes et arrondis, si la troisième, la sixième, la neuvième et la dernière syllabe sont longues, cela s'appelle le mètre *totaka*.

30. Femme dont le visage semblable au lotus est l'ennemi de la lune d'automne, lorsque la première, la quatrième, la septième et la dixième syllabe sont brèves, le mètre est appelé *bhoudjanga-prayâta* par les princes des poëtes.

31. Femme au ventre mince, lorsque la quatrième, la septième, la dixième et la dernière syllabe sont longues, le mètre est appelé *droutavilambita* par les savants.

32. Belle dont les yeux sont pareils au lotus, si l'on retranche la première syllabe du premier et du troisième *pâda* du *droutavilambita*, la stance devient *harinaploutâ*.

33. Femme dont le sourcil agité par l'ivresse l'em-

---

[1] Plante cucurbitacée, qui produit un fruit rouge (*momordica monadelpha*).

[2] Nom de Kâma, dieu de l'amour.

porte sur l'arc de Kâma, lorsque les dernières syllabes des *pâdas* de l'*oupendravadjrâ* deviennent avant-
dernières et brèves, les princes des poëtes appellent
le mètre *vansastha*.

34. Femme dont la main est comme un rameau
semblable aux rejetons de l'asoka[1], femme qui re-
cherches avec ardeur les plaisirs de l'amour et les
jeux folâtres de la jeunesse, les poëtes nomment *indravansâ* la stance dans laquelle les *pâdas* du *vansastha* ont la première syllabe longue.

35. Femme chérie, plante d'ambroisie, le mètre
dans lequel les deux premières syllabes, la quatrième,
la neuvième, la onzième et la dernière sont longues,
et où la césure a lieu suivant le nombre des *yougas*
et des *grahas*[2] (par quatre et neuf), doit être dési-
gné sous le nom de *prabhâvatî*.

36. Femme qui parles bien et qui as de belles
dents, si les deux premières syllabes, la troisième,
la huitième, la dixième et les deux qui terminent le
pâda sont longues, et que la césure ait lieu suivant
le nombre des *mahésanétras*[3] et des *dis*[4] (par trois
et dix), le mètre doit être reconnu pour le *prahar-
chinî*.

37. Femme bien-aimée, qui domptes ton amant

---

[1] *Jonesia asoca*, espèce d'arbrisseau.

[2] Les neuf planètes. Ce sont : *Soûrya* (le Soleil), *Tchandra* (la
Lune), *Mangala* (Mars), *Boudha* (Mercure), *Vrihaspati* (Jupiter),
Soukra (Vénus), *Sani* (Saturne), *Râhou* et *Kétou*.

[3] Les trois yeux de Siva, sous la forme de Mahâkâla.

[4] Ou les points cardinaux, au nombre de dix. On n'en compte
ordinairement que huit.

avec le dard de Kâma, comme l'on dompte le roi des éléphants, si la première, la seconde, la quatrième, la huitième, la onzième, l'avant-dernière et la dernière syllabe sont longues, on nomme le mètre *vasantatilakâ*.

38. Femme chérie, lorsque les six premières syllabes sont brèves, la dixième et la treizième pareillement, et que la césure a lieu suivant le nombre des *karins* [1] et des *tourangas* (par huit et sept), c'est le *mâlinî*, mètre fameux et qui plaît aux bons poëtes.

39. Femme au joli visage, femme dont la conversation est agréable, femme aux mains de laquelle s'agitent des bracelets, si les cinq premières syllabes, la onzième, la treizième, la quatorzième et l'avant-dernière sont brèves, et que la césure ait lieu suivant le nombre des *rasas*, des *védas* et des *aswas* (par six, quatre et sept), le mètre est appelé *harinî*.

40. Femme qui tiens un lotus, femme à qui la nature a donné des membres si délicats, femme dont la taille est fine et dont l'embonpoint des hanches charme les yeux, si la première syllabe, les cinq qui suivent la sixième et les trois avant-dernières sont faites brèves, et si la césure a lieu suivant le nombre des *rasas* et des *isas* [2] (par six et onze), c'est le *sikharinî*.

---

[1] Ou *Karindras*, éléphants des huit points cardinaux.

[2] Ou *Roudras*, formes de Siva, ou, suivant une légende, demi-dieux nés du front de Brahmâ. On les compte au nombre de onze et on les nomme : *Roudra, Adjaïkapâda, Ahibradhna, Viroúpâkcha, Djayanta, Bahouroúpa, Tryambaka, Aparâdjita, Sâvitra, Soureswara* et *Hara*.

41. Femme chérie et adorée, femme délicate, à
la chevelure noire comme l'abeille, au nombril pro-
fond et luisant, si la deuxième syllabe, la sixième,
la huitième, la douzième, la quatorzième, ainsi que
la quinzième et la dernière, sont longues, et si la
césure a lieu suivant le nombre des *karindras* et des
phanabhritkoulas [1] (par huit et neuf), c'est le *prithwî*.

42. Femme qui aimes et qui n'éprouves aucun
désir, le mètre dans lequel les cinq premières syllabes, la huitième et la neuvième, la douzième et
la dernière sont longues, et où la césure a lieu suivant le nombre des *védas* et des *andhras* [2] (par quatre
et neuf), a été appelé *mattamayoûra* par les savants
en prosodie.

43. Femme bien-aimée, femme délicate, dont
le visage est semblable au disque de la pleine lune,
si les trois premières syllabes, la sixième, la huitième, les trois qui suivent la onzième et les deux
qui précèdent la dix-huitième sont longues, et si la
césure a lieu suivant le nombre des *mârtandas* [3] et
des *mounis* [4] (par douze et sept), ceux qui ont du
goût en fait de poésie appellent le mètre *sârdoûlavikrîdita.*

44. Femme que réjouit le parfum du musc, belle
au corps délicat, dont la cuisse est pareille à la tige
du plantain, lorsque les quatre premières syllabes,

---

[1] Ou races des serpents.

[2] Nom d'une dynastie de neuf princes, rois de Magadha.

[3] Ou *Adityas*, les douze formes du soleil.

[4] Les sept sages ou *Richis* qui président aux sept étoiles de la
Grande-Ourse.

la sixième, la septième, les deux qui précèdent la
seizième et les deux qui la suivent sont longues,
ainsi que les deux dernières, et que l'on voit trois
césures, suivant le nombre des *mounis* (par sept),
c'est le mètre célèbre appelé *sragdharâ* par les illus-
tres princes des poëtes.

Les poëmes sanscrits sont composés de stances
(*slokas*) divisées en deux parties appelées *arddha-
slokas*, lesquelles se divisent, à leur tour, en deux
parties ou *pâdas*, de sorte que la stance peut être
considérée à la fois comme distique et comme qua-
train.

Les mètres décrits dans le *Sroutabodha* appartiennent à trois classes différentes, savoir :

1° *Ganatchhandas* ou *ganavrittas*, mètres réglés par
la quantité ;

2° *Sloka*, mètre réglé par le nombre des syllabes ;

3° *Akcharatchhandas* ou *varnavrittas*, mètres réglés
par le nombre des syllabes et la quantité.

1. GANATCHHANDAS.

Cette classe comprend les mètres dans lesquels la
quantité est fixe et le nombre des syllabes variable.

Dans les *ganatchhandas*, les diverses parties de la
stance sont mesurées par pieds de quatre moments,
appelés *ganas* ou *mâtrâganas*. Ces pieds se composent
de quatre brèves ou de leurs équivalents, c'est-à-dire

deux longues, deux brèves et une longue, une longue
et deux brèves.

Les mètres de cette classe décrits par Kâlidâsa
sont les suivants :

1° *Aryâ* (stance 4). Des deux hémistiches ou vers
dont cette stance est composée, le premier contient
trente *mâtrâs*, et le second, vingt-sept. Ils se divisent en sept pieds et demi. Dans le premier hémistiche, le sixième pied doit être un amphibraque ($\cup\_\cup$)
ou un procéleusmatique ($\cup\cup\cup\cup$), tandis que, dans le
second, il se compose d'une seule syllabe brève. Les
pieds impairs des deux hémistiches ne doivent pas
être amphibraques.

On compte douze *mâtrâs* dans le premier et le
troisième *pâda;* dix-huit dans le second, et quinze
dans le quatrième.

2° *Guîti* (stance 5). Dans cette stance, le quatrième *pâda* contient dix-huit *mâtrâs* comme le second. Les deux hémistiches sont semblables au premier hémistiche de l'*âryâ* et de mesure égale.

3° *Oupaguîti* (stance 6). Les deux hémistiches de
cette stance sont semblables au second hémistiche
de l'*âryâ*, le second et le quatrième *pâda* ne contenant que quinze *mâtrâs*.

4° *Oudguîti* (stance 7). Cette stance contient douze
mâtrâs dans le premier et le troisième *pâda*, quinze
dans le second, et dix-huit dans le quatrième. Les
deux hémistiches de l'*âryâ* se retrouvent dans l'*oudguîti;* mais ils y sont placés dans l'ordre inverse.

2. SLOKA.

On donne le nom de *sloka* à un mètre dans lequel
le nombre des syllabes est fixe et la quantité variable.

Le *sloka* est une stance de trente-deux syllabes,
divisée en quatre *pâdas* de huit syllabes. Parmi ces
huit syllabes, la cinquième, la sixième et la septième
ont seules une quantité fixe et déterminée ; les cinq
autres peuvent être longues ou brèves, indifférem-
ment. Pour scander le *pâda*, il faut considérer la
première et la dernière syllabe comme isolées, et
diviser les six intermédiaires en deux pieds trisyllabiques. Le premier pied peut être molosse, tribraque,
dactyle, bacchique, amphibraque, crétique, anapeste ou anti-bacchique. Il n'en est pas de même du
second pied, qui doit être bacchique dans les *pâdas*
de nombre impair, et amphibraque dans les deux
autres. (Voy. stances 1, 2, 11 et 12.)

3. AKCHARATCHHANDAS.

La classe des *akcharatchhandas* comprend tous les
mètres dans lesquels la quantité est fixe, ainsi que
le nombre des syllabes.

Dans les mètres de cette classe, les mêmes pieds
reviennent aux mêmes places, et les *pâdas* sont de
même longueur et de même quantité. Quelquefois
cependant deux ou plusieurs mètres différents sont
employés dans une seule et même stance, et les *pâdas*,
au lieu d'être uniformes, sont inégaux.

Les *pâdas* se scandent par pieds de trois syllabes, appelés *ganas*. Les monosyllabes ou dissyllabes, qui restent quelquefois à la fin des *pâdas* et servent à compléter la mesure, sont comptés comme syllabes et non comme pieds, la prosodie sanscrite n'admettant pas de pieds syllabiques composés de moins de trois syllabes[1].

Pour représenter les pieds trisyllabiques et les syllabes qui servent à compléter les *pâdas*, les grammairiens et les savants de l'Inde ont imaginé de se servir des signes alphabétiques contenus dans le tableau suivant :

म. Molosse, _ _ _		स. Amphibraque, ◡ _ ◡
न. Tribraque, ◡ ◡ ◡		र. Crétique, _ ◡ _
भ. Dactyle, _ ◡ ◡		स. Anapeste, ◡ ◡ _
य. Bacchique, ◡ _ _		त. Anti-bacchique, _ _ ◡

ल. (*laghou*) syllabe brève, ◡ | ग. (*gourou*) syllabe longue, _

Voici, avec l'indication des genres auxquels ils appartiennent, les mètres *akcharatchhandas* décrits par Kâlidâsa :

> 1. *SOUPRATICHTHÂ*, stance de vingt syllabes.

Akcharapankti (stance 8). *Pâda* de cinq syllabes, contenant un dactyle et un spondée :

$$ \_\ \cup\ \cup\ |\ \_\ \_ $$

---

[1] Nous nous servirons néanmoins des dénominations usitées dans la prosodie grecque et latine, pour désigner les dissyllabes qui complètent certaines mesures.

2. *GÂYATRÎ*, stance de vingt-quatre syllabes.

Sasivadanâ (stance 9). *Pâda* de six syllabes, contenant un tribraque et un bacchique :

$$\cup \cup \cup \mid \cup - -$$

3. *OUCHNIH*, stance de vingt-huit syllabes.

Madalékhâ (stance 10). *Pâda* de sept syllabes, contenant un molosse, un anapeste et une syllabe longue :

$$- - - \mid \cup \cup - \mid -$$

4. *ANOUCHTOUBH*, stance de trente-deux syllabes.

1° *Mânavakâkridâ* (stance 13). *Pâda* de huit syllabes, contenant un dactyle, un anti-bacchique et un iambe, avec une césure au milieu du *pâda* :

$$- \cup \cup \mid - - \cup \mid \cup -$$

2° *Nagaswaroûpinî* (stance 14). *Pâda* de huit syllabes, contenant un amphibraque, un crétique et un iambe :

$$\cup - \cup \mid - \cup - \mid \cup -$$

3° *Vidyounmâlâ* (stance 15). *Pâda* de huit syllabes, contenant deux molosses et un spondée, avec une césure au milieu :

$$- - - \mid - - - \mid - -$$

5. *VRIHATÎ*, stance de trente-six syllabes.

Manimadhya (stance 17). *Pâda* de neuf syllabes, contenant un dactyle, un molosse et un anapeste :

$$- \cup \cup \mid - - - \mid \cup \cup -$$

6. *Pankti*, stance de quarante syllabes.

1° *Tchampakamâlâ* (stance 16). *Pâda* de dix syllabes, contenant un dactyle, un molosse, un anapeste et une syllabe longue, avec une césure au milieu :

$$- \cup\cup \mid - - - \mid \cup\cup - \mid -$$

Ce mètre est le *manimadhya*, plus une syllabe longue ajoutée à la fin de chaque *pâda*.

2° *Hansî* (stance 19). *Pâda* de dix syllabes, contenant un molosse, un dactyle, un tribraque et une syllabe longue, avec une césure entre la quatrième et la cinquième syllabe :

$$- - - \mid - \cup\cup \mid \cup\cup\cup \mid -$$

Ce mètre est le *mandâkrântâ*, moins les sept dernières syllabes de chaque *pâda*. (Voy. stance 18.)

7. *Trichtoubh*, stance de quarante-quatre syllabes.

1° *Sâlinî* (stance 20). *Pâda* de onze syllabes, contenant un molosse, deux anti-bacchiques et un spondée, avec une césure entre la quatrième et la cinquième syllabe :

$$- - - \mid - - \cup \mid - - \cup \mid - -$$

2° *Dodhaka* (stances 3 et 21). *Pâda* de onze syllabes, contenant trois dactyles et un spondée :

$$- \cup\cup \mid - \cup\cup \mid - \cup\cup \mid - -$$

3° *Indravadjrâ* (stance 22). *Pâda* de onze syllabes,

contenant deux anti-bacchiques, un amphibraque
et un spondée :

‿ ‿ ∪ | ‿ ‿ ‿ ∪ | ∪ ‿ ∪ | ‿ ‿

4° *Oupendravadjrâ* (stance 23). *Pâda* de onze
syllabes, contenant un anti-bacchique entre deux
amphibraques, et un spondée :

∪ ‿ ∪ | ‿ ‿ ‿ ∪ | ∪ ‿ ∪ | ‿ ‿

Ce mètre ne diffère du précédent que par la
quantité de la première syllabe qui est brève, au
lieu d'être longue.

5° *Oupadjâti* et *âkhyânakî* (stances 24 et 25).
Mètres composés des deux précédents. La stance
contient quatre *pâdas* de onze syllabes, que l'on mesure de la manière suivante :

1° *Oupadjâti*.

Pâdas 1 et 3. (*Indravadjrâs*) ‿ ‿ ∪ | ‿ ‿ ‿ ∪ | ∪ ‿ ∪ | ‿ ‿
Pâdas 2 et 4. (*Oupendravadjrâs*) ∪ ‿ ∪ | ‿ ‿ ‿ ∪ | ∪ ‿ ∪ | ‿ ‿

2° *Akhyânakî*.

Pâda 1. (*Indravadjrâ*) ‿ ‿ ∪ | ‿ ‿ ‿ ∪ | ∪ ‿ ∪ | ‿ ‿
Pâdas 2, 3, 4. (*Oupendravadjrâs*) ∪ ‿ ∪ | ‿ ‿ ‿ ∪ | ∪ ‿ ∪ | ‿ ‿

6° *Rathoddhatâ* (stance 26). *Pâda* de onze syllabes,
contenant un tribraque entre deux crétiques, et un
iambe :

‿ ∪ ‿ | ∪ ∪ ∪ | ‿ ∪ ‿ | ∪ ‿

7° *Swâgatâ* (stance 27). *Pâda* de onze syllabes,
contenant un crétique, un tribraque, un dactyle et
un spondée :

‿ ∪ ‿ | ∪ ∪ ∪ | ‿ ∪ ∪ | ‿ ‿

8. *Djagatî*, stance de quarante-huit syllabes.

1° *Vaïswadévî* (stance 28). *Pâda* de douze syllabes, contenant deux molosses et deux bacchiques, avec une césure entre la cinquième et la sixième syllabe :

$$--- \mid --- \mid \cup_\neg - \mid \cup_{--}$$

2° *Totaka* (stance 29). *Pâda* de douze syllabes, composé de quatre anapestes :

$$\cup\cup - \mid \cup\cup - \mid \cup\cup - \mid \cup\cup -$$

3° *Bhoudjangaprayâta* (stance 30). *Pâda* de douze syllabes, composé de quatre bacchiques :

$$\cup -- \mid \cup -- \mid \cup -- \mid \cup --$$

4° *Droutavilambita* (stance 31). *Pâda* de douze syllabes, contenant un tribraque, deux dactyles et un crétique :

$$\cup\cup\cup \mid - \cup\cup \mid - \cup\cup \mid - \cup -$$

En retranchant la première syllabe du premier et du troisième *pâda*, on obtient le mètre *harinaploutâ*. (Voy. stance 32.)

5° *Vansastha* (stance 33). *Pâda* de douze syllabes, contenant un anti-bacchique entre deux amphibraques, et un crétique :

$$\cup - \cup \mid -- \cup \mid \cup - \cup \mid - \cup -$$

6° *Indravansâ* (stance 34). *Pâda* de douze syllabes, contenant deux anti-bacchiques, un amphibraque et un crétique :

$$-- \cup \mid -- \cup \mid \cup - \cup \mid - \cup -$$

Ce mètre ne diffère du précédent que par la quantité de la première syllabe, qui est longue au lieu d'être brève.

9. *Atidjagatí*, stance de cinquante-deux syllabes.

1° *Prabhâvatí* (stance 35). *Pâda* de treize syllabes, contenant un anti-bacchique, un dactyle, un anapeste, un amphibraque et une syllabe longue, avec une césure entre la quatrième et la cinquième syllabe :

$$\_\_\cup \mid \_\cup\cup \mid \cup\cup\_ \mid \cup\_\cup \mid \_$$

2° *Praharchiní* (stance 36). *Pâda* de treize syllabes, contenant un molosse, un tribraque, un amphibraque, un crétique et une syllabe longue, avec une césure entre la troisième et la quatrième syllabe :

$$\_\_\_ \mid \cup\cup\cup \mid \cup\_\cup \mid \_\cup\_ \mid \_$$

3° *Mattamayoûra* (stance 42). *Pâda* de treize syllabes, contenant un molosse, un anti-bacchique, un bacchique, un anapeste et une syllabe longue, avec une césure entre la quatrième et la cinquième syllabe :

$$\_\_\_ \mid \_\_\cup \mid \cup\_\_ \mid \cup\cup\_ \mid \_$$

10. *Sakkarí*, stance de cinquante-six syllabes.

Vasantatilakâ (stance 37). *Pâda* de quatorze syllabes, contenant un anti-bacchique, un dactyle, deux amphibraques et un spondée :

$$\_\_\cup \mid \_\cup\cup \mid \cup\_\cup \mid \cup\_\cup \mid \_\_$$

— 33 —

11. *Atisakkarî*, stance de soixante syllabes.

Mâlinî (stance 38). *Pâda* de quinze syllabes, contenant deux tribraques, un molosse et deux bacchiques, avec une césure entre la huitième et la neuvième syllabe :

∪∪∪ | ∪∪∪ | ——— | ∪—— | ∪——

12. *Atyachtî*, stance de soixante-huit syllabes.

1° *Mandâkrântâ* (stance 18). *Pâda* de dix-sept syllabes, contenant un molosse, un dactyle, un tribraque, deux anti-bacchiques et un spondée, avec césures entre la quatrième et la cinquième syllabe et entre la dixième et la onzième :

——— | —∪∪ | ∪∪∪ | ——∪ | ——∪ | ——

En retranchant les sept dernières syllabes du *pâda*, on obtient le mètre *hansî*. (Voy. stance 19.)

2° *Harinî* (stance 39). *Pâda* de dix-sept syllabes, contenant un tribraque, un molosse et un crétique entre deux anapestes, et un iambe, avec césures entre la sixième et la septième syllabe et entre la dixième et la onzième [1] :

∪∪∪ | ∪∪— | ——— | —∪— | ∪∪— | ∪—

3° *Sikharinî* (stance 40). *Pâda* de dix-sept syllabes, contenant un bacchique, un molosse, un tribraque,

[1] Ou bien encore, avec césures entre la quatrième et la cinquième syllabe, et entre la dixième et la onzième, c'est-à-dire, par quatre, six et sept syllabes.

un anapeste, un dactyle et un iambe, avec une césure entre la sixième et la septième syllabe :

◡◡— | —◡◡ | ◡◡◡ | ◡◡— | —◡◡ | ◡—

4° *Prithwî* (stance 41). *Pâda* de dix-sept syllabes ;
deux amphibraques et deux anapestes se suivant al-
ternativement, un bacchique et un iambe, avec une
césure entre la huitième et la neuvième syllabe :

◡—◡ | ◡◡— | ◡—◡ | ◡◡— | ◡—— | ◡—

13. *ATIDHRITI*, stance de soixante et seize syllabes.

Sârdoûlavikrîdita (stance 43). *Pâda* de dix-neuf
syllabes, contenant un molosse, un amphibraque
entre deux anapestes, deux anti-bacchiques et une
syllabe longue, avec une césure entre la douzième
et la treizième syllabe :

——— | ◡◡— | ◡—◡ | ◡◡— | ——◡ | ——◡ | —

14. *PRAKRITI*, stance de quatre-vingt-quatre syllabes.

Sragdharâ (stance 44). *Pâda* de vingt et une syllabes, contenant un molosse, un crétique, un dactyle, un tribraque et trois bacchiques, avec césures
entre la septième et la huitième syllabe, et entre
la quatorzième et la quinzième :

——— | —◡— | —◡◡ | ◡◡◡ | ◡—— | ◡—— | ◡——

15. Stances dont les *pâdas* sont de deux mesures différentes.

1° *Oupadjâti* et *âkhyânaki*. (Voy. p. 30).
2° *Harinaploutâ* (stance 32). Stance de quarante-

six syllabes. Les deux *pâdas* impairs, composés de onze syllabes, sont de la mesure *oupatchitrâ* (variété du TRICHTOUBH), et contiennent trois anapestes et un iambe, tandis que les deux autres ont douze syllabes et sont de la mesure *droutavilambita*, c'est-à-dire composés d'un tribraque, de deux dactyles et d'un crétique.

Pâdas 1 et 3. (*Oupatchitrâs*, 11 syllabes):

$$\cup\cup - | \cup\cup - | \cup\cup - | \cup -$$

Pâdas 2 et 4. (*Droutavilambitas*, 12 syllabes):

$$\cup\cup\cup | - \cup\cup | - \cup\cup | - \cup -$$

Ce mètre est le *droutavilambita*, moins la première syllabe du premier et du troisième *pâda*.

FIN.

PARIS :

BENJAMIN DUPRAT,

RUE DU CLOÎTRE SAINT-BENOÎT, N° 7;

BOUTAREL,

RUE JACOB, N° 5o.